LAS SUPERMENTES AL RESCATE

una historia para fomentar el trabajo en equipo

Clara Peñalver
Ilustraciones de Sara Sánchez

Esta mañana todo parece de lo más normal en la isla de Mielikuvitus:

Los mayores hacen de mayores yendo a trabajar...

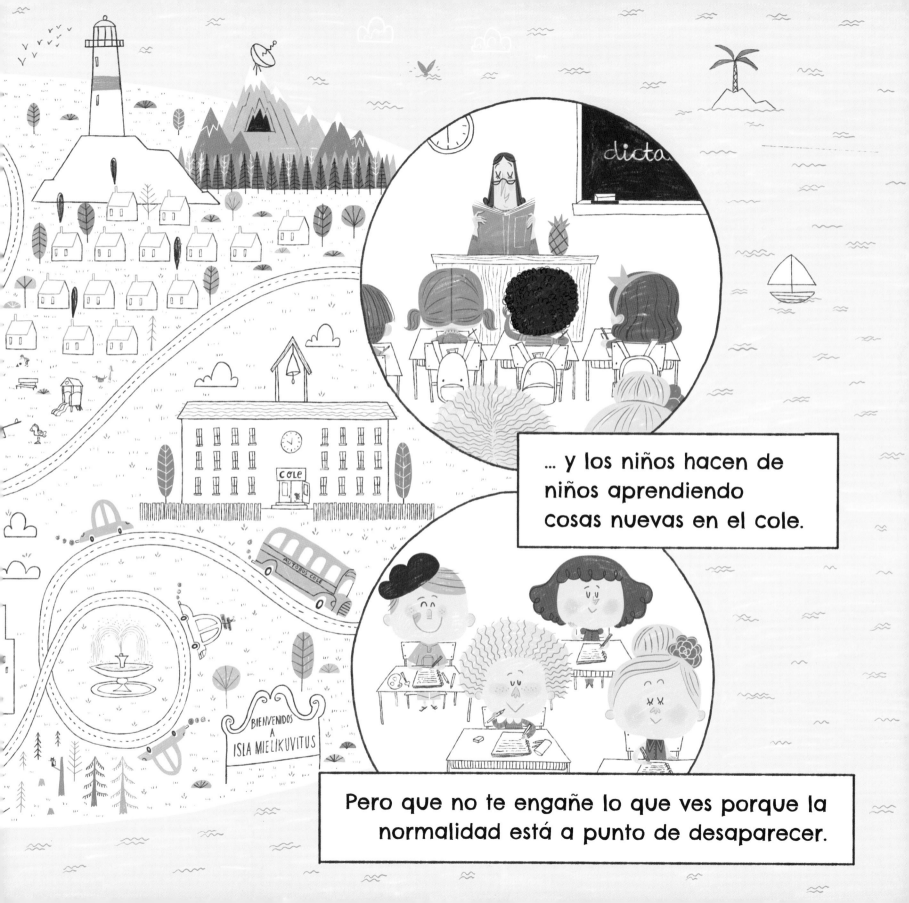

... y los niños hacen de niños aprendiendo cosas nuevas en el cole.

Pero que no te engañe lo que ves porque la normalidad está a punto de desaparecer.

En un lugar secreto y misterioso, alguien presiona un botón...

Y, de pronto, los adultos de Mielikuvitus dejan lo que están haciendo y, como hipnotizados, comienzan a alejarse todos juntos.

Al salir del colegio, se sorprenden al descubrir que no hay ni rastro de sus padres.

Hay quienes saltan de alegría porque se sienten libres...

... y hay quienes, responsables, se sientan a hacer los deberes.

Unos se hartan de comer dulces y chucherías...

... y otros deciden salir a jugar a las calles vacías.

Pero, cuando llega la hora de cenar...

Nadie lo sabe todavía, pero en la isla Mielikuvitus hay cuatro niños capaces de resolver el misterio.

Aunque primero tendrán que aprender a trabajar en equipo.

La primera en actuar es Eva:

Decide reunir a todos los niños en el colegio...

Cuando asoma el sol, Eva sale a investigar...

Pronto encuentra una antena gigantesca en la cima de una montaña.

¡Y ahí están los desaparecidos! Dentro de...

¡¿UNA GELATINA GIGANTE?!

Y mientras Eva descubre dónde están los desaparecidos y qué peligro les acecha...

... Leonardo sobrevuela la isla con uno de sus inventos en busca de pistas.

María examina con su microscopio un trozo de gelatina que ha encontrado al pie de la montaña.

Y Alberto hace cálculos en su pizarra.

Eva es valiente...

Y fuerte...

Y experta en camuflaje.

Alberto es buen observador...

Muy bueno en física y matemáticas...

María tiene alma de investigadora...

A Leonardo le gusta experimentar...

Tiene la cabeza
a rebosar de ideas...

Y es capaz de
explicarlo todo
con sus fórmulas.

Y hace magia con
su microscopio.

Siempre anda
buscando
sustancias
extrañas...

Y siempre anda
inventando cosas
nuevas.

Alberto, María y Leonardo llegan al laboratorio del colegio casi a la vez y, antes de que puedan decir nada...

Al principio no parecen un equipo.

Al cabo de unas horas de trabajo en grupo, ¡ya tienen un gran plan!

Poco antes de salir, Leonardo se para de golpe y pregunta:

Y AHORA QUE SOMOS UN EQUIPO, ¿CÓMO NOS VAMOS A LLAMAR?

Tras varias opciones, resuelven por votación...

El equipo Supermentes abandona su base de operaciones en el colegio:

Está todo calculado, no deberían cometer ningún error.

Al llegar a la montaña, van dejándose caer...

Eva y Leonardo descienden hacia la antena.

Un tornillo por aquí, un tornillo por allá y... ¡Ya está! ¡Ya no funciona!

María y Alberto van directos hacia el interior de la cueva.

Mientras Ana y Aníbal discuten sobre a quién le toca pulsar el botón que lanzará a los mayores al espacio...

... María y Alberto se acercan de puntillas a la enorme gelatina y encienden sus linternas radioactivas...,

... pero la gelatina se derrite muy despacio.

De pronto...

¡CLINCK!

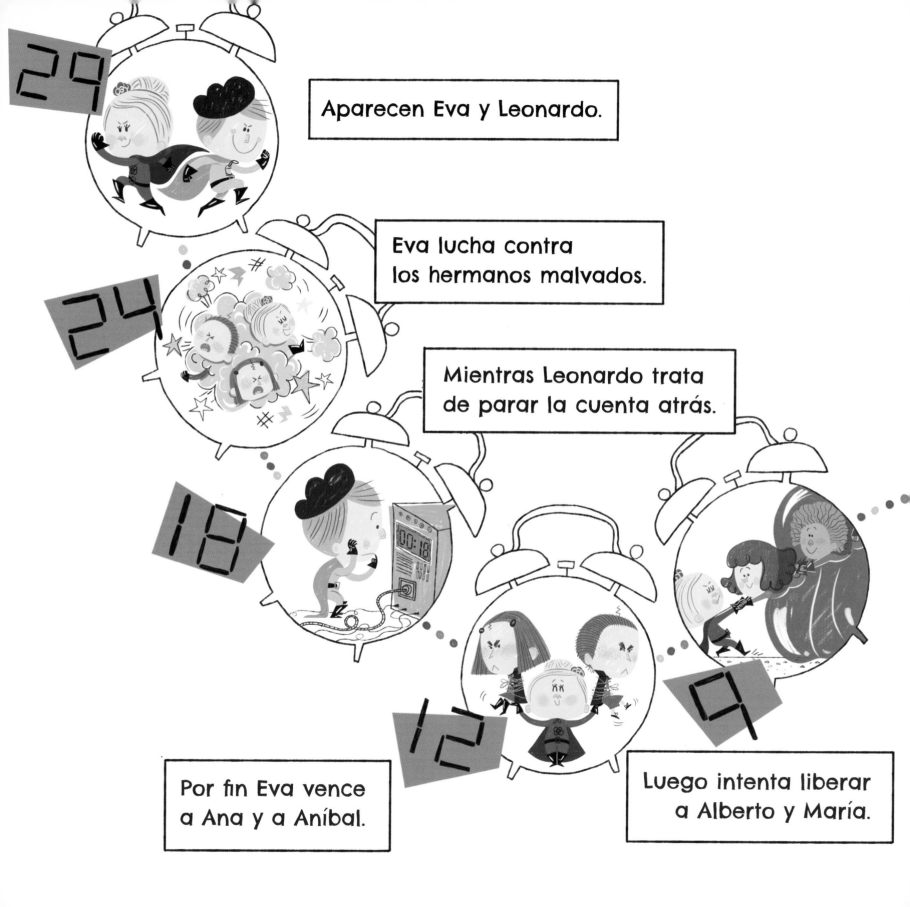

Aparecen Eva y Leonardo.

Eva lucha contra los hermanos malvados.

Mientras Leonardo trata de parar la cuenta atrás.

Por fin Eva vence a Ana y a Aníbal.

Luego intenta liberar a Alberto y María.

SUPERMENTES DE COLORES
¿A qué personaje te pareces más?

ALBERTO ES UN PERSONAJE PENSANTE...

Es cuidadoso, meticuloso y muy responsable. Siempre está dispuesto a aprender cosas nuevas y se pasa las horas pegado a su libreta, intentando explicar con sus fórmulas cómo funciona el mundo que le rodea. Quién sabe, puede que algún día le den el premio Nobel de Física.

EVA ES UN PERSONAJE ENERGÉTICO...

Es decidida, valiente y segura de sí misma. Tiene mucha fuerza de voluntad, por eso siempre consigue lo que se propone, incluso cuando debe enfrentarse a retos difíciles y a aventuras inquietantes. Si sigue así, puede que algún día la recuerden por haber ayudado con su fuerza a mucha gente.

MARÍA ES UN PERSONAJE COMPRENSIVO...

Es cercana, tranquila y agradable. Adora invertir su tiempo libre entre tubos de ensayo y sustancias extrañas en busca de algún nuevo elemento para la tabla periódica. Como la paciencia es su gran virtud, si sigue así le darán más de un premio Nobel cuando sea mayor.

LEONARDO ES UN PERSONAJE RADIANTE...

Es optimista, amigable y muy intuitivo. Siempre tiene la cabeza llena de nuevas ideas y, aunque a veces fallen sus extraños artilugios, nunca se cansa de inventar cosas. Le encanta esconder enigmas en sus pinturas y puede que algunos de sus cuadros sigan impresionando a muchos dentro de unos siglos.

ROMPER EL CUENTO PARA CONSTRUIR UNO NUEVO

Seguro que ya sabes que, además de personajes, las historias se construyen con más cosas. Un buen inventor de historias sabe que los personajes necesitan escenarios por los que moverse y, algo realmente importante, una estructura de cuento, con su introducción, su nudo y su desenlace. Justo bajo estas líneas tienes el cuento de las Supermentes roto en cada una de sus partes. Préstale atención:

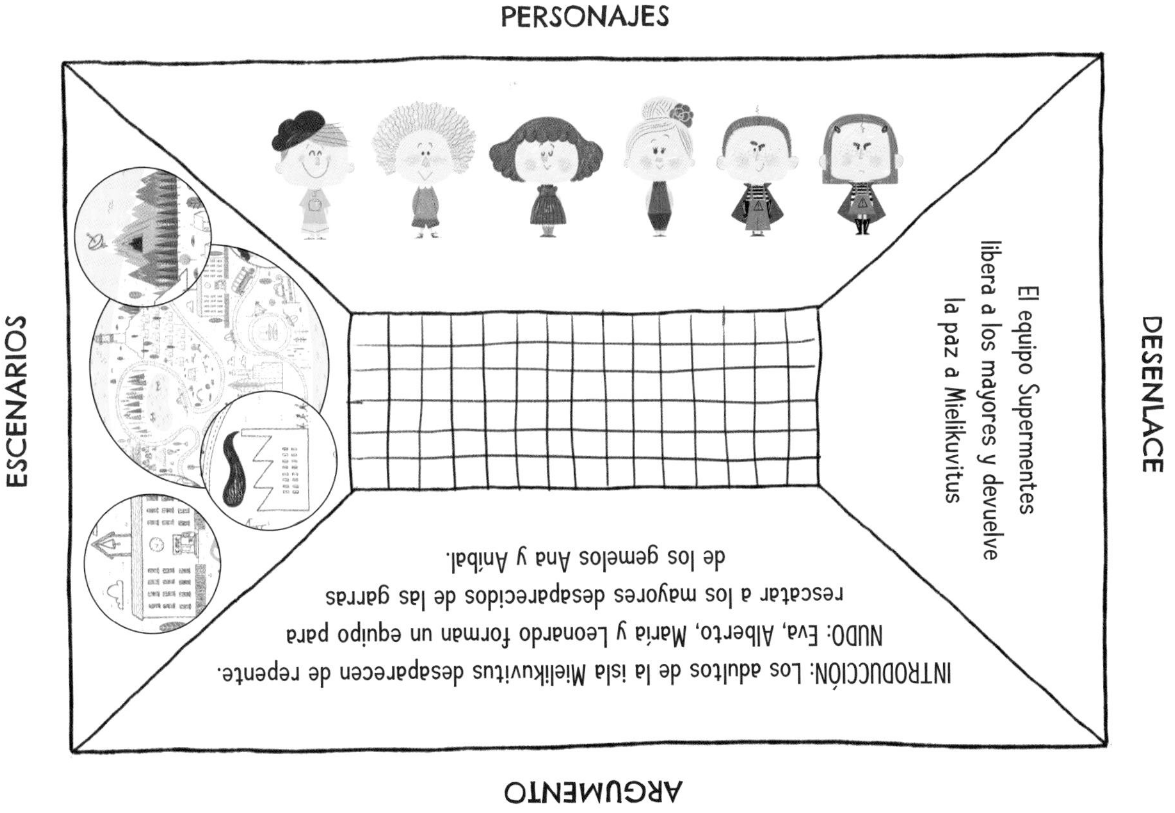

PERSONAJES

ESCENARIOS

DESENLACE

El equipo Supermentes libera a los mayores y devuelve la paz a Mielikuvitus

INTRODUCCIÓN: Los adultos de la isla Mielikuvitus desaparecen de repente.

NUDO: Eva, Alberto, María y Leonardo forman un equipo para rescatar a los mayores desaparecidos de las garras de los gemelos Ana y Aníbal.

ARGUMENTO

Y ahora que el cuento ya está roto…

¿POR QUÉ NO LO RECONSTRUYES A TU GUSTO TANTAS VECES COMO QUIERAS?

Te damos algunos consejos para reinventarlo:

1. Puedes añadir/quitar uno o varios personajes.
2. Puedes hacer que los malos sean buenos y que los buenos sean malos.
3. Tus escenarios pueden ser muy diferentes a los de esta historia.
4. En tu nueva historia puede que no tengan por qué desaparecer los adultos.

¿QUIERES UN CONSEJO?

Piensa en cualquier disparate para reinventar esta historia y lánzate a jugar con tu imaginación. Cualquier resultado será perfecto porque, una vez roto y vuelto a construir, este cuento te pertenece.